PIERRE ET CAMILLE

Alfred de Musset

I

Le chevalier des Arcis, officier de cavalerie, avait quitté le service en 1760. Bien qu'il fût jeune encore, et que sa fortune lui permît de paraître avantageusement à la cour, il s'était lassé de bonne heure de la vie de garçon et des plaisirs de Paris. Il se retira près du Mans, dans une jolie maison de campagne. Là, au bout de peu de temps, la solitude, qui lui avait d'abord été agréable, lui sembla pénible. Il sentit qu'il lui était difficile de rompre tout à coup avec les habitudes de sa jeunesse. Il ne se repentit pas d'avoir quitté le monde ; mais, ne pouvant se résoudre à vivre seul, il prit le parti de se marier, et de trouver, s'il était possible, une femme qui partageât son goût pour le repos et pour la vie sédentaire qu'il était décidé à mener.

Il ne voulait point que sa femme fût belle ; il ne la voulait pas laide, non plus ; il désirait qu'elle eût de l'instruction et de l'intelligence, avec le moins d'esprit possible ; ce qu'il recherchait par-dessus tout, c'était de la gaieté et une humeur égale, qu'il regardait, dans une femme, comme les premières des qualités.

La fille d'un négociant retiré, qui demeurait dans le voisinage, lui plut. Comme le chevalier ne dépendait de personne, il ne s'arrêta pas à la distance qu'il y avait entre un gentilhomme et la fille d'un marchand. Il adressa à la famille une demande qui fut accueillie avec empressement. Il fit sa cour pendant quelques mois, et le mariage fut conclu.

Jamais alliance ne fut formée sous de meilleurs et de plus heureux auspices. À mesure qu'il connut mieux sa femme, le chevalier découvrit en elle de nouvelles qualités et une douceur de caractère inaltérable. Elle, de son côté, se prit pour son mari d'un amour

3

extrême. Elle ne vivait qu'en lui, ne songeait qu'à lui complaire, et, bien loin de regretter les plaisirs de son âge qu'elle lui sacrifiait, elle souhaitait que son existence entière pût s'écouler dans une solitude qui, de jour en jour, lui devenait plus chère.

Cette solitude n'était cependant pas complète. Quelques voyages à la ville, la visite régulière de quelques amis y faisaient diversion de temps en temps. Le chevalier ne refusait pas de voir fréquemment les parents de sa femme, en sorte qu'il semblait à celle-ci qu'elle n'avait pas quitté la maison paternelle. Elle sortait souvent des bras de son mari pour se retrouver dans ceux de sa mère, et jouissait ainsi d'une faveur que la Providence accorde à bien peu de gens, car il est rare qu'un bonheur nouveau ne détruise pas un ancien bonheur.

M. des Arcis n'avait pas moins de douceur et de bonté que sa femme ; mais les passions de sa jeunesse, l'expérience qu'il paraissait avoir faite des choses de ce monde, lui donnaient parfois de la mélancolie. Cécile (ainsi se nommait madame des Arcis) respectait religieusement ces moments de tristesse. Quoiqu'il n'y eût en elle, à ce sujet, ni réflexion ni calcul, son cœur l'avertissait aisément de ne pas se plaindre de ces légers nuages qui détruisent tout dès qu'on les regarde, et qui ne sont rien quand on les laisse passer.

La famille de Cécile était composée de bonnes gens, marchands enrichis par le travail, et dont la vieillesse était, pour ainsi dire, un perpétuel dimanche. Le chevalier aimait cette gaieté du repos, achetée par la peine, et y prenait part volontiers. Fatigue des mœurs de Versailles et même des soupers de mademoiselle Quinault, il se plaisait à ces façons un peu bruyantes, mais franches et nouvelles pour lui.

Cécile avait un oncle, excellent homme, meilleur convive encore, qui s'appelait Giraud. Il avait été maître maçon, puis il était devenu peu à peu architecte ; à tout cela il avait gagné une vingtaine de mille livres de rente. La maison du chevalier était fort à son goût, et il y était toujours bien reçu, quoiqu'il y arrivât quelquefois couvert de plâtre et de poussière ; car, en dépit des ans et de ses vingt mille livres, il ne pouvait se tenir de grimper sur les toits et de manier la truelle. Quand il avait bu quelques coups de Champagne, il fallait qu'il pérorât au dessert.

— Vous êtes heureux, mon neveu, disait-il souvent au chevalier : vous êtes riche, jeune, vous avez une bonne petite femme, une maison pas trop mal bâtie ; il ne vous manque rien, il n'y a rien à dire ; tant pis pour le voisin s'il s'en plaint. Je vous dis et répète que vous êtes heureux.

Un jour, Cécile, entendant ces mots, et se penchant vers son mari :

— N'est-ce pas, lui dit-elle, qu'il faut que ce soit un peu vrai, pour que tu te le laisses dire en face ?

Madame des Arcis, au bout de quelque temps, reconnut qu'elle était enceinte. Il y avait derrière la maison une petite colline d'où l'on découvrait tout le domaine. Les deux époux s'y promenaient souvent ensemble. Un soir qu'ils y étaient assis sur l'herbe :

— Tu n'as pas contredit mon oncle l'autre jour, dit Cécile. Penses-tu cependant qu'il eût tout à fait raison ? Es-tu parfaitement heureux ?

— Autant qu'un homme peut l'être, répondit le chevalier, et je ne vois rien qui puisse ajouter à mon bonheur.

— Je suis donc plus ambitieuse que toi, reprit Cécile, car il me serait aisé de te citer quelque chose qui nous manque ici, et qui nous est absolument nécessaire.

Le chevalier crut qu'il s'agissait de quelque bagatelle, et qu'elle voulait prendre un détour pour lui confier un caprice de femme. Il fit, en plaisantant, mille conjectures, et à chaque question, les rires de Cécile redoublaient. Tout en badinant ainsi, ils s'étaient levés et ils descendaient la colline. M. des Arcis doubla le pas, et, invité par la pente rapide, il allait entraîner sa femme, lorsque celle-ci s'arrêta, et s'appuyant sur l'épaule du chevalier :

— Prends garde, mon ami, lui dit-elle, ne me fais pas marcher si vite. Tu cherchais bien loin ce que je te demandais ; nous l'avons là sous mes paniers.

Presque tous leurs entretiens, à compter de ce jour, n'eurent plus qu'un sujet ; ils ne parlaient que de leur enfant, des soins à lui donner, de la manière dont ils l'élèveraient, des projets qu'ils formaient déjà pour son avenir. Le chevalier voulut que sa femme prît toutes les précautions possibles pour conserver le trésor qu'elle portait. Il redoubla pour elle d'attentions et d'amour ; et tout le temps que dura la grossesse de Cécile ne fut qu'une longue et délicieuse ivresse, pleine des plus douces espérances.

Le terme fixé par la nature arriva ; un enfant vint au monde, beau comme le jour. C'était une fille, qu'on appela Camille. Malgré l'usage général et contre l'avis même des médecins, Cécile voulut la nourrir elle-même. Son orgueil maternel était si flatté de la beauté de sa fille, qu'il fut impossible de l'en séparer ; il était vrai que l'on n'avait vu que bien rarement à un enfant nouveau-né des traits aussi réguliers et aussi remarquables ; ses yeux surtout, lorsqu'ils s'ouvrirent à la lumière, brillèrent d'un éclat extraordinaire. Cécile, qui avait été élevée au couvent, était extrêmement pieuse. Ses premiers pas, dès qu'elle put se lever, furent pour aller à l'église rendre grâces à Dieu.

Cependant, l'enfant commença à prendre des forces et à se développer. À mesure qu'elle grandissait, on fut surpris de lui voir garder une immobilité étrange. Aucun bruit ne semblait la frapper ; elle était insensible à ces mille discours que les mères adressent à leurs nourrissons ; tandis qu'on chantait en la berçant, elle restait les yeux fixes et ouverts, regardant avidement la clarté de la lampe, et ne paraissant rien entendre. Un jour qu'elle était endormie, une servante renversa un meuble ; la mère accourut aussitôt, et vit avec étonnement que l'enfant ne s'était pas réveillée. Le chevalier fut effrayé de ces indices trop clairs pour qu'on pût s'y tromper. Dès qu'il les eut observés avec attention, il comprit à quel malheur sa fille était condamnée. La mère voulut en vain s'abuser, et, par tous les moyens imaginables, détourner les craintes de son mari. Le médecin fut appelé, et l'examen ne fut ni long ni difficile. On reconnut que la pauvre Camille était privée de l'ouïe, et par conséquent de la parole.

II

La première pensée de la mère avait été de demander si le mal était sans remède, et on lui avait répondu qu'il y avait des exemples de guérison. Pendant un an, malgré l'évidence, elle conserva quelque espoir ; mais toutes les ressources de l'art échouèrent, et, après les avoir épuisées, il fallut enfin y renoncer.

Malheureusement à cette époque, où tant de préjugés furent détruits et remplacés, il en existait un impitoyable contre ces pauvres créatures qu'on appelle sourds-muets. De nobles esprits, des savants distingués ou des hommes seulement poussés par un sentiment charitable, avaient, il est vrai, dès longtemps, protesté contre cette barbarie. Chose bizarre, c'est un moine espagnol qui, le premier, au seizième siècle, a deviné et essayé cette tâche, crue alors impossible, d'apprendre aux muets à parler sans parole. Son exemple avait été suivi en Italie, en Angleterre et en France, à différentes reprises. Bonnet, Wallis, Bulwer, Van Helmont, avaient mis au jour des ouvrages importants, mais l'intention chez eux avait été meilleure que l'effet ; un peu de bien avait été opéré çà et là, à l'insu du monde, presque au hasard, sans aucun fruit. Partout, même à Paris, au sein de la civilisation la plus avancée, les sourds-muets étaient regardés comme une espèce d'êtres à part, marqués du sceau de la colère céleste. Privés de la parole, on leur refusait la pensée. Le cloître pour ceux qui naissaient riches, l'abandon pour les pauvres, tel était leur sort ; ils inspiraient plus d'horreur que de pitié.

Le chevalier tomba peu à peu dans le plus profond chagrin. Il passait la plus grande partie du jour seul, enfermé dans son cabinet, ou se promenait dans les bois. Il s'efforçait, lorsqu'il voyait sa femme, de montrer un visage tranquille, et tentait de la consoler, mais en vain. Madame des Arcis, de son côté, n'était pas moins triste. Un malheur mérité peut faire verser des larmes, presque toujours tardives et inutiles ; mais un malheur, sans motif accable la raison, en décourageant la piété.

Ces deux nouveaux mariés, faits pour s'aimer et qui s'aimaient, commencèrent ainsi à se voir avec peine et à s'éviter dans les mêmes allées où ils venaient de se parler d'un espoir si prochain, si tranquille et si pur. Le chevalier, en s'exilant volontairement dans sa maison de campagne, n'avait pensé qu'au repos ; le bonheur avait semblé l'y surprendre. Madame des Arcis n'avait fait qu'un mariage de raison ; l'amour était venu, il était réciproque. Un obstacle terrible se plaçait tout à coup entre eux, et cet obstacle était précisément l'objet même qui eût dû être un lien sacré.

Ce qui causa cette séparation soudaine et tacite, plus affreuse qu'un divorce, et plus cruelle qu'une mort lente, c'est que la mère, en dépit du malheur, aimait son enfant avec passion, tandis que le chevalier, quoi qu'il voulût faire, malgré sa patience et sa bonté, ne pouvait vaincre l'horreur que lui inspirait cette malédiction de Dieu tombée sur lui.

— Pourrais-je donc haïr ma fille ? se demandait-il souvent durant ses promenades solitaires. Est-ce sa faute si la colère du ciel l'a frappée ? Ne devrais-je pas uniquement la plaindre, chercher à adoucir la douleur de ma femme, cacher ce que je souffre, veiller sur mon enfant ? À quelle triste existence est-elle réservée si moi, son père, je l'abandonne ? que deviendra-t-elle ? Dieu me l'envoie ainsi ; c'est à moi de me résigner. Qui en prendra soin ? qui relèvera ? qui la protégera ? Elle n'a au monde que sa mère et moi ; elle ne trouvera pas un mari, et elle n'aura jamais ni frère ni sœur ; c'est assez d'une malheureuse de plus au monde. Sous peine de manquer de cœur, je dois consacrer ma vie à lui faire supporter la sienne.

Ainsi pensait le chevalier, puis il rentrait à la maison avec la ferme intention de remplir ses devoirs de père et de mari ; il trouvait son enfant dans les bras de sa femme, il s'agenouillait devant eux, prenait les mains de Cécile entre les siennes : on lui avait parlé, disait-il, d'un médecin célèbre, qu'il allait faire venir ; rien n'était encore décidé ; on avait vu des cures merveilleuses. En parlant ainsi, il soulevait sa fille entre ses bras et la promenait par la chambre ; mais d'affreuses pensées le saisissaient malgré lui ; l'idée de l'avenir, la vue de ce silence, de cet être inachevé, dont les sens étaient fermés, la réprobation, le dégoût, la pitié, le mépris du monde, l'accablaient. Son visage pâlissait, ses mains tremblaient ; il rendait l'enfant à sa mère, et se détournait pour cacher ses larmes.

C'est dans ces moments que madame des Arcis serrait sa fille sur son cœur avec une sorte de tendresse désespérée et ce plein regard de l'amour maternel, le plus violent et le plus fier de tous. Jamais elle ne faisait entendre une plainte ; elle se retirait dans sa chambre, posait Camille dans son berceau, et passait des heures entières, muette comme elle, à la regarder.

Cette espèce d'exaltation sombre et passionnée devint si forte, qu'il n'était pas rare de voir madame des Arcis garder le silence le plus absolu pendant des journées. On lui adressait en vain la parole. Il semblait qu'elle voulût savoir par elle-même ce que c'était que cette nuit de l'esprit dans laquelle sa fille devait vivre.

Elle parlait par signes à l'enfant et savait seule se faire comprendre. Les autres personnes de la maison, le chevalier lui-même, semblaient étrangers à Camille. La mère de madame des Arcis, femme d'un esprit assez vulgaire, ne venait guère à Chardonneux[1] que pour déplorer le malheur arrivé à son gendre et à sa chère Cécile. Croyant faire preuve de sensibilité, elle s'apitoyait sans relâche sur le triste sort de cette pauvre enfant, et il lui échappa de dire un jour :

— Mieux eût valu pour elle ne pas être née.

— Qu'auriez-vous donc fait si j'étais ainsi ? répliqua Cécile presque avec l'accent de la colère.

L'oncle Giraud, le maître maçon, ne trouvait pas grand mal à ce que sa petite nièce fût muette :

— J'ai eu, disait-il, une femme si bavarde, que je regarde toute chose au monde, n'importe laquelle, comme préférable. Cette petite-là est sûre d'avance de ne jamais tenir de mauvais propos, ni d'en écouter, de ne pas impatienter toute une maison en chantant de vieux

____

1   ainsi se nommait la terre du chevalier

airs d'opéra, qui sont tous pareils ; elle ne sera pas querelleuse, elle ne dira pas d'injures aux servantes, comme ma femme n'y manquait jamais ; elle ne s'éveillera pas si son mari tousse, ou bien s'il se lève plus tôt qu'elle pour surveiller ses ouvriers ; elle ne rêvera pas tout haut, elle sera discrète ; elle y verra clair, les sourds ont de bons yeux ; elle pourra régler un mémoire, quand elle ne ferait que compter sur ses doigts, et payer, si elle a de l'argent, mais sans chicaner, comme les propriétaires à propos de la moindre bâtisse ; elle saura d'elle-même une chose très bonne qui ne s'apprend d'ordinaire que difficilement, c'est qu'il vaut mieux faire que dire ; si elle a le cœur à sa place, on le verra sans qu'elle ait besoin de se mettre du miel au bout de la langue. Elle ne rira pas en compagnie, c'est vrai ; mais elle n'entendra pas, à dîner, les rabat-joie qui font des périodes ; elle sera jolie, elle aura de l'esprit, elle ne fera pas de bruit ; elle ne sera pas obligée, comme un aveugle, d'avoir un caniche pour se promener. Ma foi, si j'étais jeune, je l'épouserais très bien quand elle sera grande, et aujourd'hui que je suis vieux et sans enfants, je la prendrais très bien chez nous comme ma fille, si par hasard elle vous ennuyait.

Lorsque l'oncle Giraud tenait de pareils discours, un peu de gaieté rapprochait par instants M. des Arcis de sa femme. Ils ne pouvaient s'empêcher de sourire tous deux à cette bonhomie un peu brusque, mais respectable et surtout bienfaisante, ne voulant voir le mal nulle part. Mais le mal était là ; tout le reste de la famille regardait avec des yeux effrayés et curieux ce malheur, qui était une rareté. Quand ils venaient en carriole du gué de Mauny, ces braves gens se mettaient en cercle avant dîner, tâchant de voir et de raisonner, examinant tout d'un air d'intérêt, prenant un visage composé, se consultant tout bas pour savoir quoi dire, tentant quelquefois de détourner la pensée commune par une grosse remarque sur un fétu. La mère restait devant eux, sa fille sur ses genoux, sa gorge découverte, quelques gouttes de lait coulant encore. Si Raphaël eût été de la famille, la Vierge à la Chaise aurait pu avoir une sœur ; madame des Arcis ne s'en doutait pas, et en était d'autant plus belle.

III

La petite fille devenait grande ; la nature remplissait tristement sa tâche, mais fidèlement. Camille n'avait que ses yeux au service de son âme ; ses premiers gestes furent, comme l'avaient été ses premiers regards, dirigés vers la lumière. Le plus pâle rayon de soleil lui causait des transports de joie.

Lorsqu'elle commença à se tenir debout et à marcher, une curiosité très marquée lui fit examiner et toucher tous les objets qui l'environnaient, avec une délicatesse mêlée de crainte et de plaisir, qui tenait de la vivacité de l'enfant, et déjà de la pudeur de la femme. Son premier mouvement était de courir vers tout ce qui lui était nouveau, comme pour le saisir et s'en emparer ; mais elle se retournait presque toujours à moitié chemin en regardant sa mère, comme pour la consulter. Elle ressemblait alors à l'hermine, qui, dit-on, s'arrête et renonce à la route qu'elle voulait suivre, si elle voit qu'un peu de fange ou de gravier pourrait tacher sa fourrure.

Quelques enfants du voisinage venaient jouer avec Camille dans le jardin. C'était une chose étrange que la manière dont elle les regardait parler. Ces enfants, à peu près du même âge qu'elle, essayaient, bien entendu, de répéter des mots estropiés par leurs bonnes, et tâchaient, en ouvrant les lèvres, d'exercer leur intelligence au moyen d'un bruit qui ne semblait qu'un mouvement à la pauvre fille. Souvent, pour prouver qu'elle avait compris, elle étendait les mains vers ses petites compagnes, qui, de leur côté, reculaient effrayées devant cette autre expression de leur propre pensée.

Madame des Arcis ne quittait pas sa fille. Elle observait avec anxiété les moindres actions, les moindres signes de vie de Camille.

Si elle eût pu deviner que l'abbé de l'Épée allait bientôt venir et apporter la lumière dans ce monde de ténèbres, quelle n'eût pas été sa joie ! Mais elle ne pouvait rien et demeurait sans force contre ce mal du hasard, que le courage et la piété d'un homme allaient détruire. Singulière chose qu'un prêtre en voie plus qu'une mère, et que l'esprit, qui discerne, trouve ce qui manque au cœur, qui souffre !

Quand les petites amies de Camille furent en âge de recevoir les premières instructions d'une gouvernante, la pauvre enfant commença à témoigner une très grande tristesse de ce qu'on n'en faisait pas autant pour elle que pour les autres. Il y avait chez un voisin une vieille institutrice anglaise qui faisait épeler à grand'peine un enfant et le traitait sévèrement. Camille assistait à la leçon, regardait avec étonnement son petit camarade, suivant des yeux ses efforts, et tâchant, pour ainsi dire, de l'aider ; elle pleurait avec lui lorsqu'il était grondé.

Les leçons de musique furent pour elle le sujet d'une peine bien plus vive. Debout près du piano, elle roidissait et remuait ses petits doigts en regardant la maîtresse de tous ses grands yeux, qui étaient très noirs et très beaux. Elle semblait demander ce qui se faisait là, et frappait quelquefois sur les touches d'une façon en même temps douce et irritée.

L'impression que les êtres ou les objets extérieurs produisaient sur les autres enfants ne paraissait pas la surprendre. Elle observait les choses et s'en souvenait comme eux. Mais lorsqu'elle les voyait se montrer du doigt ces mêmes objets et échanger entre eux ce mouvement des lèvres qui lui était inintelligible, alors recommençait son chagrin. Elle se retirait dans un coin, et, avec une pierre ou un morceau de bois, elle traçait presque machinalement sur le sable quelques lettres majuscules qu'elle avait vu épeler à d'autres, et qu'elle considérait attentivement.

La prière du soir, que le voisin faisait faire régulièrement à ses enfants tous les jours, était pour Camille une énigme qui ressemblait à un mystère. Elle s'agenouillait, avec ses amies et joignait les mains sans savoir pourquoi. Le chevalier voyait en cela une profanation :

— Ôtez-moi cette petite, disait-il ; épargnez-moi cette singerie.

— Je prends sur moi d'en demander pardon à Dieu, répondit un jour la mère.

Camille donna de bonne heure des signes de cette bizarre faculté que les Écossais appellent la double vue, que les partisans du magnétisme veulent faire admettre, et que les médecins rangent, la plupart du temps, au nombre des maladies. La petite sourde et muette sentait venir ceux qu'elle aimait, et allait souvent au-devant d'eux, sans que rien eût pu l'avertir de leur arrivée.

Non seulement les autres enfants ne s'approchaient d'elle qu'avec une certaine crainte, mais ils l'évitaient quelquefois d'un air de mépris. Il arrivait que l'un d'eux, avec ce manque de pitié dont parle La Fontaine, venait lui parler longtemps en la regardant en face et en riant, lui demandant de répondre. Ces petites rondes des enfants, qui se danseront tant qu'il y aura de petites jambes, Camille les regardait à la promenade, déjà à demi jeune fille, et quand venait le vieux refrain : « Entrez dans la danse, Voyez comme on danse… » seule à l'écart, appuyée sur un banc, elle suivait la mesure, en balançant sa jolie tête, sans essayer de se mêler au groupe, mais avec assez de tristesse et de gentillesse pour faire pitié.

L'une des plus grandes tâches qu'essaya cet esprit maltraité fut de vouloir compter avec une petite voisine qui apprenait l'arithmétique. Il s'agissait d'un calcul fort aisé et fort court. La voisine se débattait contre quelques chiffres un peu embrouillés. Le total ne se montait guère à plus de douze ou quinze unités. La voisine comptait sur ses doigts. Camille, comprenant qu'on se trompait, et voulant aider, étendit ses deux mains ouvertes. On lui avait donné, à elle aussi, les premières et les plus simples notions ; elle savait que deux et deux font quatre. Un animal intelligent, un oiseau même, compte d'une façon ou d'une autre, que nous ne savons pas, jusqu'à deux ou trois. Une pie, dit-on, a compté jusqu'à cinq. Camille, dans cette circonstance, aurait eu à compter plus loin. Ses mains n'allaient que jusqu'à dix. Elle les tenait ouvertes devant sa petite amie avec un air si plein de bonne volonté, qu'on l'eût prise pour un honnête homme qui ne peut pas payer.

La coquetterie se montre de bonne heure chez les femmes : Camille n'en donnait aucun indice.

— C'est pourtant drôle, disait le chevalier, qu'une petite fille ne comprenne pas un bonnet ! À de pareils propos, madame des Arcis souriait tristement.

— Elle est pourtant belle ! disait-elle à son mari ; et en même temps, avec douceur, elle poussait un peu Camille pour la faire marcher devant son père, afin qu'il vît mieux sa taille, qui commençait à se former, et sa démarche encore enfantine, qui était charmante.

À mesure qu'elle avançait en âge, Camille se prit de passion, non pour la religion, qu'elle ne connaissait pas, mais pour les églises, qu'elle voyait. Peut-être avait-elle dans l'âme cet instinct invincible qui fait qu'un enfant de dix ans conçoit et garde le projet de prendre une robe de laine, de chercher ce qui est pauvre et ce qui souffre, et de passer ainsi toute sa vie. Il mourra bien des indifférents et même des philosophes avant que l'un d'eux explique une pareille fantaisie, mais elle existe.

« Lorsque j'étais enfant, je ne voyais pas Dieu, je ne voyais que le ciel, » est certainement un mot sublime, écrit, comme on sait, par un sourd-muet. Camille était bien loin de tant de force. L'image grossière de la Vierge, badigeonnée de blanc de céruse, sur un fond de plâtre frotté de bleu, à peu près comme l'enseigne d'une boutique ; un enfant de chœur de province, dont un vieux surplis couvrait la soutane, et dont la voix faible et argentine faisait tristement vibrer les carreaux, sans que Camille en pût rien entendre ; la démarche du suisse, les airs du bedeau, — qui sait ce qui fait lever les yeux à un enfant ? Mais qu'importe, dès que ces yeux se lèvent ?

IV

— Elle est pourtant belle ! se répétait le chevalier, et Camille l'était en effet.

Dans le parfait ovale d'un visage régulier, sur des traits d'une pureté et d'une fraîcheur admirables, brillait, pour ainsi dire, la clarté d'un bon cœur. Camille était petite, non point pâle, mais très blanche, avec de longs cheveux noirs. Gaie, active, elle suivait son naturel ; triste avec douceur et presque avec nonchalance dès que le malheur venait la toucher ; pleine de grâce dans tous ses mouvements, d'esprit et quelquefois d'énergie dans sa petite pantomime, singulièrement industrieuse à se faire entendre, vive à comprendre, toujours obéissante dès qu'elle avait compris. Le chevalier restait aussi parfois, comme madame des Arcis, à regarder sa fille sans parler. Tant de grâce et de beauté, joint à tant de malheur et d'horreur, était près de lui troubler l'esprit ; on le vit embrasser souvent Camille avec une sorte de transport, en disant tout haut :

— Je ne suis cependant pas un méchant homme !

Il y avait une allée dans le bois, au fond du jardin, où le chevalier avait l'habitude de se promener après le déjeuner. De la fenêtre de sa chambre, madame des Arcis voyait son mari aller et venir derrière les arbres. Elle n'osait guère l'y aller retrouver. Elle regardait, avec un chagrin plein d'amertume, cet homme qui avait été pour elle plutôt un amant qu'un époux, dont elle n'avait jamais reçu un reproche, à qui elle n'en avait jamais eu un seul à faire, et qui n'avait plus le courage de l'aimer parce qu'elle était mère.

Elle se hasarda pourtant un matin. Elle descendit en peignoir, belle comme un ange, le cœur palpitant ; il s'agissait d'un bal d'enfants qui devait avoir lieu dans un château voisin. Madame des Arcis voulait y mener Camille. Elle voulait voir l'effet que pourrait produire sur le monde et sur son mari la beauté de sa fille. Elle avait passé des nuits sans sommeil à chercher quelle robe elle lui mettrait ; elle avait formé sur ce projet les plus douces espérances.

— Il faudra bien, se disait-elle, qu'il en soit fier et qu'on en soit jaloux, une fois pour toutes, de cette pauvre petite. Elle ne dira rien, mais elle sera la plus belle.

Dès que le chevalier vit sa femme venir à lui, il s'avança au-devant d'elle, et lui prit la main, qu'il baisa avec un respect et une galanterie qui lui venaient de Versailles, et dont il ne s'écartait jamais, malgré sa bonhomie naturelle. Ils commencèrent par échanger quelques mots insignifiants, puis ils se mirent à marcher l'un à côté de l'autre.

Madame des Arcis cherchait de quelle manière elle proposerait à son mari de la laisser mener sa fille au bal, et de rompre ainsi une détermination qu'il avait prise depuis la naissance de Camille, celle de ne plus voir le monde. La seule pensée d'exposer son malheur aux yeux des indifférents ou des malveillants mettait le chevalier presque hors de lui. Il avait annoncé formellement sa volonté sur ce sujet. Il fallait donc que madame des Arcis trouvât un biais, un prétexte quelconque, non seulement pour exécuter son dessein, mais pour en parler.

Pendant ce temps-là, le chevalier paraissait réfléchir beaucoup de son côté. Il fut le premier à rompre le silence. Une affaire survenue à un de ses parents, dit-il à sa femme, venait d'occasionner de grands dérangements de fortune dans sa famille ; il était important pour lui de surveiller les gens chargés des mesures à prendre ; ses intérêts, et par conséquent ceux de madame des Arcis elle-même, couraient le risque d'être compromis faute de soin. Bref, il annonça qu'il était obligé de faire un court voyage en Hollande, où il devait s'entendre avec son banquier ; il ajouta que l'affaire était extrêmement pressée, et qu'il comptait partir dès le lendemain matin.

Il n'était que trop facile à madame des Arcis de comprendre le motif de ce voyage. Le chevalier était bien éloigné de songer à abandonner sa femme ; mais, en dépit de lui-même, il éprouvait un besoin irrésistible de s'isoler tout à fait pendant quelque temps, ne fût-ce que pour revenir plus tranquille. Toute vraie douleur donne, la plupart du temps, ce besoin de solitude à l'homme comme la souffrance physique aux animaux.

Madame des Arcis fut d'abord tellement surprise, qu'elle ne répondit que par ces phrases banales qu'on a toujours sur les lèvres quand on ne peut pas dire ce qu'on pense : elle trouvait ce voyage tout simple ; le chevalier avait raison, elle reconnaissait l'importance de cette démarche, et ne s'y opposait en aucune façon. Tandis qu'elle parlait, la douleur lui serrait le cœur ; elle dit qu'elle se trouvait lasse, et s'assit sur un banc.

Là, elle resta plongée dans une rêverie profonde, les regards fixes, les mains pendantes. Madame des Arcis n'avait connu jusqu'alors ni grande joie ni grands plaisirs. Sans être une femme d'un esprit élevé, elle sentait assez fortement et elle était d'une famille assez commune pour avoir quelque peu souffert. Son mariage avait été pour elle un bonheur tout à fait imprévu, tout à fait nouveau ; un éclair avait brillé devant ses yeux au milieu de longues et froides journées, maintenant la nuit la saisissait.

Elle demeura longtemps pensive. Le chevalier détournait les yeux, et semblait impatient de rentrer à la maison. Il se levait et se rasseyait. Madame des Arcis se leva aussi enfin, prit le bras de son mari ; ils rentrèrent ensemble.

L'heure du dîner venue, madame des Arcis fit dire qu'elle se trouvait malade et qu'elle ne descendrait pas. Dans sa chambre était un prie-Dieu où elle resta à genoux jusqu'au soir. Sa femme de chambre entra plusieurs fois, ayant reçu du chevalier l'ordre secret de veiller sur elle ; elle ne répondit pas à ce qu'on lui disait. Vers huit heures du soir elle sonna, demanda la robe commandée à l'avance pour sa fille, et qu'on mit le cheval à la voiture. Elle fit avertir en même temps le chevalier qu'elle allait au bal, et qu'elle souhaitait qu'il l'y accompagnât.

Camille avait la taille d'un enfant, mais la plus svelte et la plus légère. Sur ce corps bien-aimé, dont les contours commençaient à se dessiner, la mère posa une petite parure simple et fraîche. Une robe de mousseline blanche brodée, des petits souliers de satin blanc, un collier de graines d'Amérique sur le cou, une couronne de bluets sur la tête, tels furent les atours de Camille, qui se mirait avec orgueil et sautait de joie. La mère, vêtue d'une robe de velours, comme quelqu'un qui ne veut pas danser, tenait son enfant devant une psyché, et l'embrassait coup sur coup, en répétant : Tu es belle, tu es belle ! lorsque le chevalier monta. Madame des Arcis, sans aucune émotion apparente, demanda à son domestique si on avait attelé, et à son mari s'il venait. Le chevalier donna la main à sa femme, et l'on alla au bal.

C'était la première fois qu'on voyait Camille. On avait beaucoup entendu parler d'elle. La curiosité dirigea tous les regards vers la petite fille dès qu'elle parut. On pouvait s'attendre à ce que madame des Arcis montrât quelque embarras et quelque inquiétude ; il n'en fut rien. Après les politesses d'usage, elle s'assit de l'air le plus calme, et tandis que chacun suivait des yeux son enfant avec une espèce d'étonnement ou un air d'intérêt affecté, elle la laissait aller par la chambre sans paraître y songer.

Camille retrouvait là ses petites compagnes ; elle courait tour à tour vers l'une ou vers l'autre, comme si elle eût été au jardin. Toutes, cependant, la recevaient avec réserve et avec froideur. Le chevalier, debout à l'écart, souffrait visiblement. Ses amis vinrent à lui, vantèrent la beauté de sa fille ; des personnes étrangères, ou même inconnues, l'abordèrent avec l'intention de lui faire compliment. Il sentait qu'on le consolait, et ce n'était guère de son goût. Cependant un regard auquel on ne se trompe pas, le regard de tous, lui remit peu à peu quelque joie au cœur. Après avoir parlé par gestes presque à tout le monde, Camille était restée debout entre les genoux de sa mère. On venait de la voir aller de côté et d'autre ; on s'attendait à quelque chose d'étrange, ou tout au moins de curieux ; elle n'avait rien fait que de dire bonsoir aux gens avec une grande révérence, donner un petit shake-hand à des demoiselles anglaises, envoyer des baisers aux mères de ses petites amies, le tout peut-être appris par cœur, mais fait avec grâce et naïveté. Revenue tranquillement à sa place, on commença à l'admirer. Rien, en effet, n'était plus beau que cette enveloppe dont ne pouvait sortir cette pauvre âme. Sa taille, son visage, ses longs cheveux bouclés, ses yeux surtout d'un éclat incomparable, surprenaient tout le monde.

En même temps que ses regards essayaient de tout deviner, et ses gestes de tout dire, son air réfléchi et mélancolique prêtait à ses moindres mouvements, à ses allures d'enfant et à ses poses un certain aspect d'un air de grandeur ; un peintre ou un sculpteur en eût été frappé. On s'approcha de madame des Arcis, on l'entoura, on fit mille questions par gestes à Camille ; à l'étonnement et à la répugnance avaient succédé une bienveillance sincère, une franche sympathie. L'exagération, qui arrive toujours dès que le voisin parle après le voisin pour répéter la même chose, s'en mêla bientôt. On n'avait jamais vu un si charmant enfant ; rien ne lui ressemblait, rien n'était si beau qu'elle. Camille eut enfin un triomphe complet, auquel elle était loin de rien comprendre.

Madame des Arcis le comprenait. Toujours calme au-dehors, elle eut ce soir-là un battement de cœur qui lui était dû, le plus heureux, le plus pur de sa vie. Il y eut entre elle et son mari un sourire échangé, qui valait bien des larmes.

Cependant une jeune fille se mit au piano, et joua une contredanse. Les enfants se prirent par la main, se mirent en place et commencèrent à exécuter les pas que le maître de danse de l'endroit leur avait appris. Les parents, d'autre part, commencèrent à se complimenter réciproquement, à trouver charmante cette petite fête, et à se faire remarquer les uns aux autres la gentillesse de leurs progénitures. Ce fut bientôt un grand bruit de rires enfantins, de plaisanteries de café entre les jeunes gens, de causeries de chiffons entre les jeunes filles, de bavardages entre les papas, de politesses aigres-douces entre les mamans, bref un bal d'enfants en province.

Le chevalier ne quittait pas des yeux sa fille, qui, on le pense bien, n'était pas de la contredanse. Camille regardait la fête avec une attention un peu triste. Un petit garçon vint l'inviter. Elle secoua la tête pour toute réponse ; quelques bluets tombèrent de sa couronne, qui n'était pas bien solide. Madame des Arcis les ramassa, et eut bientôt réparé, avec quelques épingles, le désordre de cette coiffure qu'elle avait faite elle-même ; mais elle chercha vainement ensuite son mari : il n'était plus dans la salle. Elle fit demander s'il était parti, et s'il avait pris la voiture. On lui répondit qu'il était retourné chez lui à pied.

V

Le chevalier avait résolu de s'éloigner sans dire adieu à sa femme. Il craignait et fuyait toute explication fâcheuse, et comme, d'ailleurs, son dessein était de revenir dans peu de temps, il crut agir plus sagement en laissant seulement une lettre. Il n'était pas tout à fait vrai que ses affaires l'appelassent en Hollande ; cependant son voyage pouvait lui être avantageux. Un de ses amis écrivit à Chardonneux pour presser son départ ; c'était un prétexte convenu. Il prit, en rentrant, le semblant d'un homme obligé de s'en aller à l'improviste. Il fit faire ses paquets en toute hâte, les envoya à la ville, monta à cheval et partit.

Une hésitation involontaire et un très grand regret s'emparèrent cependant de lui lorsqu'il franchit le seuil de sa porte. Il craignit d'avoir obéi trop vite à un sentiment qu'il pouvait maîtriser, de faire verser à sa femme des larmes inutiles, et de ne pas trouver ailleurs le repos qu'il ôtait peut-être à sa maison.

— Mais qui sait, pensa-t-il, si je ne fais pas, au contraire, une chose utile et raisonnable ? Qui sait si le chagrin passager que pourra causer mon absence ne nous rendra pas des jours plus heureux ? Je suis frappé d'un malheur dont Dieu seul connaît la cause ; je m'éloigne pour quelques jours du lieu où je souffre. Le changement, le voyage, la fatigue même, calmeront peut-être mes ennuis ; je vais m'occuper de choses matérielles, importantes, nécessaires ; je reviendrai le cœur plus tranquille, plus content ; j'aurai réfléchi, je saurai mieux ce que j'ai à faire.

— Cependant Cécile va souffrir, se disait-il au fond du cœur. Mais, son parti une fois pris, il continua sa route.

Madame des Arcis avait quitté le bal vers onze heures. Elle était montée en voiture avec sa fille, qui s'endormit bientôt sur ses genoux. Bien qu'elle ignorât que le chevalier eût exécuté si promptement son projet de voyage, elle n'en souffrait pas moins d'être sortie seule de chez ses voisins. Ce qui n'est aux yeux du monde qu'un manque d'égards devient une douleur sensible à qui en soupçonne le motif. Le chevalier n'avait pu supporter le spectacle public de son malheur. La mère avait voulu montrer ce malheur pour tâcher de le vaincre et d'en avoir raison. Elle eut aisément pardonné à son mari un mouvement de tristesse ou de mauvaise humeur ; mais il faut penser qu'en province une telle manière de laisser ainsi sa femme et sa fille est une chose presque inouïe ; et la moindre bagatelle en pareil cas, seulement un manteau qu'on cherche, lorsque celui qui devrait l'apporter n'est pas là, a fait, quelquefois plus de mal que tout le respect des convenances ne saurait faire de bien.

Tandis que la voiture se traînait lentement sur les cailloux d'un chemin vicinal nouvellement fait, madame des Arcis, regardant sa fille endormie, se livrait aux plus tristes pressentiments. Soutenant Camille, de façon à ce que les cahots ne pussent l'éveiller, elle songeait, avec cette force que la nuit donne à la pensée, à la fatalité qui semblait la poursuivre jusque dans cette joie légitime qu'elle venait d'avoir à ce bal. Une étrange disposition d'esprit la faisait se reporter tour à tour, tantôt vers son propre passé, tantôt vers l'avenir de sa fille.

— Que va-t-il arriver ? se disait-elle. Mon mari s'éloigne de moi ; s'il ne part pas aujourd'hui pour toujours, ce sera demain ; tous mes efforts, toutes mes prières ne serviront qu'à l'importuner ; son amour est mort, sa pitié subsiste, mais son chagrin est plus fort que lui et que moi-même. Ma fille est belle, mais vouée au malheur ; qu'y puis-je faire ? que puis-je prévoir ou empêcher ? Si je m'attache à cette pauvre enfant, comme je le dois, comme je le fais, c'est presque renoncer à voir mon mari. Il nous fuit, nous lui faisons horreur. Si je tentais, au contraire, de me rapprocher de lui, si j'osais essayer de rappeler son ancien amour, ne me demanderait-il pas peut-être de me séparer de ma fille ? Ne pourrait-il pas se faire qu'il voulût confier Camille à des étrangers, et se délivrer d'un spectacle qui l'afflige ?

En se parlant ainsi à elle-même, madame des Arcis embrassait Camille.

— Pauvre enfant ! se disait-elle, moi t'abandonner ! moi acheter au prix de ton repos, de ta vie peut-être, l'apparence d'un bonheur qui me fuirait à mon tour ! cesser d'être mère pour être épouse ! Quand une pareille chose serait possible, ne vaut-il pas mieux mourir que d'y songer ?

Puis elle revenait à ses conjectures.

— Que va-t-il arriver ? se demandait-elle encore. Qu'ordonnera de nous la Providence ? Dieu veille sur tous, il nous voit comme les autres. Que fera-t-il de nous ? que deviendra cette enfant ?

À quelque distance de Chardonneux, il y avait un gué à passer. Il avait beaucoup plu depuis un mois à peu près, en sorte que la rivière débordait et couvrait les prés d'alentour. Le passeux refusa d'abord de prendre la voiture dans son bac, et dit qu'il fallait dételer, qu'il se chargeait de traverser l'eau avec les gens et le cheval, non avec le carrosse. Madame des Arcis, pressée de revoir son mari, ne voulut pas descendre. Elle dit au cocher d'entrer dans le bac ; c'était un trajet de quelques minutes, qu'elle avait fait cent fois.

Au milieu du gué, le bateau commença à dévier, poussé par le courant. Le passeux demanda aide au cocher pour empêcher, disait-il, d'aller à l'écluse. Il y avait, en effet, à deux ou trois cents pas plus bas, un moulin avec une écluse, faite de soliveaux, de pieux et de planches rassemblées, mais vieille, brisée par l'eau, et devenue une espèce de cascade, ou plutôt de précipice. Il était clair que, si l'on se laissait entraîner jusque-là, on devait s'attendre à un accident terrible.

Le cocher était descendu de son siège ; il aurait voulu être bon à quelque chose, mais il n'y avait qu'une perche dans le bac. Le passeux, de son côté, faisait ce qu'il pouvait, mais la nuit était sombre ; une petite pluie fine aveuglait ces deux hommes, qui tantôt se relayaient, tantôt réunissaient leurs forces, pour couper l'eau et gagner la rive.

À mesure que le bruit de l'écluse se rapprochait, le danger devenait plus effrayant. Le bateau, lourdement chargé, et défendu contre le courant par deux hommes vigoureux, n'allait pas vite. Lorsque la perche était bien enfoncée et bien tenue à l'avant, le bac s'arrêtait, allait de côté, ou tournait sur lui-même ; mais le flot était trop fort. Madame des Arcis, qui était restée dans la voiture avec l'enfant, ouvrit la glace avec une terreur affreuse :

— Est-ce que nous sommes perdus ? s'écria-t-elle.

En ce moment la perche rompit. Les deux hommes tombèrent dans le bateau, épuisés, et les mains meurtries.

Le passeux savait nager, mais non le cocher. Il n'y avait pas de temps à perdre :

— Père Georgeot, dit madame des Arcis au passeux (c'était son nom), peux-tu me sauver, ma fille et moi ?

Le père Georgeot jeta un coup, d'œil sur l'eau, puis sur la rive :

— Certainement, répondit-il en haussant les épaules d'un air presque offensé qu'on lui adressât une pareille question.

— Que faut-il faire ? dit madame des Arcis.

— Vous mettre sur mes épaules, répliqua le passeux. Gardez votre robe, ça vous soutiendra. Empoignez-moi le cou à deux bras, mais n'ayez pas peur et ne vous cramponnez pas, nous serions noyés ; ne criez pas, ça vous ferait boire. Quant à la petite, je la prendrai d'une main par la taille, je nagerai de l'autre à la marinière, et je la passerai en l'air sans la mouiller. Il n'y a pas vingt-cinq brasses d'ici aux pommes de terre qui sont dans ce champ-là.

— Et Jean ? dit madame des Arcis, désignant le cocher.

— Jean boira un coup, mais il en reviendra. Qu'il aille à l'écluse et qu'il attende, je le retrouverai.

Le père Georgeot s'élança dans l'eau, chargé de son double fardeau, mais il avait trop préjugé de ses forces. Il n'était plus jeune, tant s'en fallait. La rive était plus loin qu'il ne disait, et le courant plus fort qu'il ne l'avait pensé. Il fit cependant tout ce qu'il put pour arriver à terre, mais il fut bientôt entraîné. Le tronc d'un saule couvert par l'eau, et qu'il ne pouvait voir dans les ténèbres, l'arrêta tout à coup : il s'y était violemment frappé au front. Son sang coula, sa vue s'obscurcit.

— Prenez votre fille et mettez-la sur mon cou, dit-il, ou sur le vôtre ; je n'en puis plus.

— Pourrais-tu la sauver si tu ne portais qu'elle ? demanda la mère.

— Je n'en sais rien, mais je crois que oui, dit le passeux.

Madame des Arcis, pour toute réponse, ouvrit les bras, lâcha le cou du passeux, et se laissa aller au fond de l'eau.

Lorsque le passeux eut déposé à terre la petite Camille saine et sauve, le cocher, qui avait été tiré de la rivière par un paysan, l'aida à chercher le corps de madame des Arcis.

On ne le trouva que le lendemain matin, près du rivage.

VI

Un an après cet événement, dans une chambre d'un hôtel garni situé rue du Bouloi, à Paris, dans le quartier des diligences, une jeune fille en deuil était assise près d'une table, au coin du feu. Sur cette table était une bouteille de vin d'ordinaire, à moitié vide, et un verre. Un homme courbé par l'âge, mais d'une physionomie ouverte et franche, vêtu à peu près comme un ouvrier, se promenait à grands pas dans la chambre. De temps en temps il s'approchait de la jeune fille, s'arrêtait devant elle, et la regardait d'un air presque paternel. La jeune fille, alors, étendait le bras, soulevait la bouteille avec un empressement mêlé d'une sorte de répugnance involontaire, et remplissait le verre. Le vieillard buvait un petit coup, puis recommençait à marcher, tout en gesticulant d'une façon singulière et presque ridicule, pendant que la jeune fille, souriant d'un air triste, suivait ses mouvements avec attention.

Il eût été difficile, à qui se fût trouvé là, de deviner quelles étaient ces deux personnes : l'une, immobile, froide, pareille au marbre, mais pleine de grâce et de distinction, portant sur son visage et dans ses moindres gestes plus que ce qu'on appelle ordinairement la beauté ; l'autre, d'une apparence tout à fait vulgaire, les habits en désordre, le chapeau sur la tête, buvant du gros vin de cabaret, et faisant résonner sur le parquet les clous de ses souliers. C'était un étrange contraste.

Ces deux personnes étaient pourtant liées par une amitié bien vive et bien tendre. C'était Camille et l'oncle Giraud. Le digne homme était venu à Chardonneux lorsque madame des Arcis avait été portée d'abord à l'église, puis à sa dernière demeure. Sa mère étant morte et son père absent, la pauvre enfant se trouvait alors absolument seule en ce monde. Le chevalier, ayant une fois quitté sa maison, distrait par son voyage, appelé par ses affaires et obligé de parcourir plusieurs villes de la Hollande, n'avait appris que fort tard la mort de sa femme ; en sorte qu'il se passa près d'un mois, pendant lequel Camille resta, pour ainsi dire, orpheline. Il y avait bien, il est vrai, à la maison une sorte de gouvernante qui avait charge de veiller sur la jeune fille ; mais la mère, de son vivant, ne souffrait point de partage. Cet emploi était une sinécure ; la gouvernante connaissait à peine Camille, et ne pouvait lui être d'aucun secours dans une pareille circonstance.

La douleur de la jeune fille à la mort de sa mère avait été si violente, qu'on avait craint longtemps pour ses jours. Lorsque le corps de madame des Arcis avait été retiré de l'eau et apporté à la maison, Camille accompagnait ce cortège funèbre en poussant des cris de désespoir si déchirants que les gens du pays en avaient presque peur. Il y avait, en effet, je ne sais quoi d'effrayant dans cet être qu'on était habitué à voir muet, doux et tranquille, et qui sortait tout à coup de son silence en présence de la mort. Les sons inarticulés qui s'échappaient de ses lèvres, et qu'elle seule n'entendait pas, avaient quelque chose de sauvage ; ce n'étaient ni des paroles ni des sanglots, mais une sorte de langage horrible, qui semblait inventé par la douleur. Pendant un jour et une nuit, ces cris affreux ne cessèrent de remplir la maison ; Camille courait de tous côtés, s'arrachant les cheveux et frappant les murailles. On essaya en vain de l'arrêter ; la force même fut inutile. Ce ne fut que la nature épuisée qui la fit enfin tomber au pied du lit où le corps de sa mère était couché.

Presque aussitôt, elle avait paru reprendre sa tranquillité accoutumée, et, pour ainsi dire, tout oublier. Elle était restée quelque temps dans un calme apparent, marchant toute la journée, au hasard, d'un pas lent et distrait, ne se refusant à aucun des soins qu'on prenait pour elle ; on la croyait revenue à elle-même, et le médecin, qui avait été appelé, s'y trompa comme tout le monde ; mais une fièvre nerveuse se déclara bientôt avec les plus graves symptômes. Il fallut veiller constamment sur la malade ; sa raison semblait entièrement perdue.

C'était alors que l'oncle Giraud avait pris la résolution de venir à tout prix au secours de sa nièce.

— Puisqu'elle n'a plus ni père ni mère dans ce moment-ci, avait-il dit aux gens de la maison, je me déclare pour son oncle véritable, chargé de la soigner et d'empêcher qu'il ne lui arrive malheur. Cette enfant m'a toujours plu ; j'ai souvent demandé à son père de me la donner pour me faire rire. Je ne veux pas l'en priver, c'est sa fille, mais pour l'instant je m'en empare. À son retour, je la lui rendrai fidèlement.

L'oncle Giraud n'avait pas grande foi aux médecins, par une assez bonne raison, c'est qu'il croyait à peine aux maladies, n'ayant jamais lui-même été malade. Une fièvre nerveuse surtout lui paraissait une chimère, un pur dérangement d'idées, qu'un peu de distraction devait guérir. Il s'était donc décidé à amener Camille à Paris.

— Vous voyez, disait-il encore, qu'elle a du chagrin, cette enfant. Elle ne fait que pleurer, et elle a raison ; une mère ne vous meurt pas deux fois. Mais il ne s'agit pas que la fille s'en aille parce que l'autre vient de partir ; il faut tâcher qu'elle pense à autre chose. On dit que Paris est très bon pour cela ; je ne connais point Paris, moi, ni elle non plus. Ainsi donc je vais l'y mener, cela nous fera du bien à tous les deux. D'ailleurs, quand ce ne serait que la route, cela ne peut que lui être très bon. J'ai eu de la peine comme un autre, et toutes les fois que j'ai vu sautiller devant moi la queue d'un postillon, cela m'a toujours ragaillardi.

De cette façon, Camille et son oncle étaient venus à Paris. Le chevalier, instruit de ce voyage par une lettre de l'oncle Giraud, l'approuva. Au retour de sa tournée en Hollande, il avait rapporté à Chardonneux une mélancolie tellement profonde, qu'il lui était presque impossible de voir qui que ce fût, même sa fille. Il semblait vouloir fuir tout être vivant, et chercher à se fuir lui-même. Presque toujours seul, à cheval dans les bois, il fatiguait son corps outre mesure pour donner quelque repos à son âme. Un chagrin caché, incurable, le dévorait. Il se reprochait au fond du cœur d'avoir rendu sa femme malheureuse pendant sa vie, et d'avoir contribué à sa mort.

— Si j'avais été là, se disait-il, elle vivrait, et je devais y être.

Cette pensée, qui ne le quittait plus, empoisonnait sa vie.

Il désirait que Camille fût heureuse ; il était prêt, dans l'occasion, à faire pour cela les plus grands sacrifices. Sa première idée, en revenant à Chardonneux, avait été d'essayer de remplacer près de sa fille celle qui n'était plus, et de payer avec usure cette dette de cœur qu'il avait contractée ; mais le souvenir de la ressemblance de la mère et de l'enfant lui causait à l'avance une douleur intolérable. C'était en vain qu'il cherchait à se tromper sur cette douleur même, et qu'il voulait se persuader que ce serait plutôt à ses yeux une consolation, un adoucissement à sa peine, de retrouver ainsi sur un visage aimé les traits de celle qu'il pleurait sans cesse. Camille, malgré tout, était pour lui un reproche vivant, une preuve de sa faute et de son malheur, qu'il ne se sentait pas la force de supporter.

L'oncle Giraud n'en pensait pas si long. Il ne songeait qu'à égayer sa nièce et à lui rendre la vie agréable. Malheureusement ce n'était pas facile. Camille s'était laissé emmener sans résistance, mais elle ne voulait prendre part à aucun des plaisirs que le bonhomme tâchait de lui proposer. Ni promenades, ni fêtes, ni spectacles, ne pouvaient la tenter ; pour toute réponse, elle montrait sa robe noire.

Le vieux maître maçon était obstiné. Il avait loué, comme on l'a vu, un appartement garni dans une auberge des Messageries, la première qu'un commissionnaire de la rue lui avait indiquée, ne comptant y rester qu'un mois ou deux. Il y était avec Camille depuis près d'un an. Pendant un an, Camille s'était refusée à toutes ses propositions de partie de plaisir, et, comme il était en même temps aussi bon et aussi patient qu'entêté, il attendait depuis un an sans se plaindre. Il aimait cette pauvre fille de toute son âme, sans qu'il en sût lui même la cause, par un de ces charmes inexplicables qui attachent la bonté au malheur.

— Mais enfin, je ne sais pas, disait-il, tout en achevant sa bouteille, ce qui peut t'empêcher de venir à l'Opéra avec moi. Cela coûte fort cher ; j'ai le billet dans ma poche ; voilà ton deuil fini d'hier ; tu as là deux robes neuves ; d'ailleurs tu n'as qu'à mettre ton capuchon, et…

Il s'interrompit.

— Diable ! dit-il, tu n'entends rien, je n'y avais pas pensé. Mais qu'importe ? ce n'est pas nécessaire dans ces endroits-là. Tu n'entends pas, moi, je n'écoute pas. Nous regarderons danser, voilà tout.

Ainsi parlait le bon oncle, qui ne pouvait jamais songer, quand il avait quelque chose d'intéressant à dire, que sa nièce ne pouvait l'entendre ni lui répondre. Il causait avec elle malgré lui. D'une autre part, quand il essayait de s'exprimer par signes, c'était encore pire ; elle le comprenait encore moins. Aussi avait-il adopté l'habitude de lui parler comme à tout le monde, en gesticulant, il est vrai, de toutes ses forces ; Camille s'était faite à cette pantomime parlante, et trouvait moyen d'y répondre à sa façon.

Le deuil de Camille venait de finir en effet, comme le disait le bonhomme. Il avait fait faire deux belles robes à sa nièce, et les lui présentait d'un air à la fois si tendre et si suppliant, qu'elle lui sauta au cou pour le remercier, puis elle se rassit avec la tristesse calme qu'on lui voyait toujours.

— Mais ce n'est pas tout, dit l'oncle, il faut les mettre, ces belles robes. Elles sont faites pour cela, ces robes ; elles sont jolies, ces robes. Et, tout en parlant, il se promenait par la chambre en faisant danser les robes comme des marionnettes.

Camille avait assez pleuré pour qu'un moment de joie lui fût permis. Pour la première fois depuis la mort de sa mère, elle se leva, se plaça devant son miroir, prit une des deux robes que son oncle lui montrait, le regarda tendrement, lui tendit la main, et fit un petit signe de tête pour dire : Oui.

À ce signe, le bonhomme Giraud se mit à sauter comme un enfant, avec ses gros souliers. Il triomphait : l'heure était enfin venue où il accomplissait son dessein ; Camille allait se parer, sortir avec lui, venir à l'Opéra, voir le monde : il ne se tenait pas d'aise à cette pensée, et il embrassait sa nièce coup sur coup, tout en criant après la femme de chambre, les domestiques, tous les gens de la maison. La toilette achevée, Camille était si belle, qu'elle sembla le reconnaître elle-même, et sourit à sa propre image.

— La voiture est en bas, dit l'oncle Giraud, tâchant d'imiter avec ses bras le geste d'un cocher qui fouette ses chevaux, et avec sa bouche le bruit d'un carrosse. Camille sourit de nouveau, prit la robe de deuil qu'elle venait de quitter, la plia avec soin, la baisa, la mit dans l'armoire, et partit.

VII

Si l'oncle Giraud n'était pas élégant de sa personne, il se piquait du moins de bien faire les choses. Peu lui importait que ses habits, toujours tout neufs et beaucoup trop larges, parce qu'il ne voulait pas être gêné, l'enveloppassent comme bon leur semblait, que ses bas drapés fussent mal tirés, et que sa perruque lui tombât sur les yeux. Mais quand il se mêlait de régaler les autres, il prenait d'abord ce qu'il y avait de plus cher et de meilleur. Aussi avait-il retenu ce soir-là, pour lui et pour Camille, une bonne loge découverte, bien en évidence, afin que sa nièce pût être vue de tout le monde. Aux premiers regards que Camille jeta sur le théâtre et dans la salle, elle fut éblouie ; cela ne pouvait manquer : une jeune fille à peine âgée de seize ans, élevée au fond d'une campagne, et se trouvant tout à coup transportée au milieu du séjour du luxe, des arts et du plaisir, devait presque croire qu'elle rêvait. On jouait un ballet : Camille suivait avec curiosité les attitudes, les gestes et les pas des acteurs ; elle comprenait que c'était une pantomime, et, comme elle devait s'y connaître, elle cherchait à s'en expliquer le sens. À tout moment, elle se retournait vers son oncle d'un air stupéfait, comme pour le consulter ; mais il n'y comprenait guère plus qu'elle. Elle voyait des bergers en bas de soie offrant des fleurs à leurs bergères, des amours voltigeant au bout d'une corde, des dieux assis sur des nuages. Les décorations, les lumières, le lustre surtout, dont l'éclat la charmait, les parures des femmes, les broderies, les plumes, toute cette pompe d'un spectacle inconnu pour elle la jetait dans un doux étonnement.

De son côté, elle devint bientôt elle-même l'objet d'une curiosité presque générale ; sa parure était simple, mais du meilleur goût.

Seule, en grande loge, à côté d'un homme aussi peu musqué que l'était l'oncle Giraud, belle comme un astre et fraîche comme une rose, avec ses grands yeux noirs et son air naïf, elle devait nécessairement attirer les regards. Les hommes commencèrent à se la montrer, les femmes à l'observer ; les marquis s'approchèrent, et les compliments les plus flatteurs, faits à haute voix, à la mode du temps, furent adressés à la nouvelle venue ; par malheur, l'oncle Giraud seul recueillait ces hommages, qu'il savourait avec délices.

Cependant Camille, peu à peu, reprit d'abord son air tranquille, puis un mouvement de tristesse la saisit. Elle sentit combien il était cruel d'être isolée au milieu de cette foule. Ces gens qui causaient dans leurs loges, ces musiciens dont les instruments réglaient la mesure des pas des acteurs, ce vaste échange de pensées entre le théâtre et la salle, tout cela, pour ainsi dire, la repoussa en elle-même.

— Nous parlons et tu ne parles pas, semblait lui dire tout ce monde ; nous écoutons, nous rions, nous chantons, nous nous aimons, nous jouissons de tout ; toi seule ne jouis de rien, toi seule n'entends rien, toi seule n'es ici qu'une statue, le simulacre d'un être qui ne fait qu'assister à la vie.

Camille ferma les yeux pour se délivrer de ce spectacle ; elle se souvint de ce bal d'enfants où elle avait vu danser ses compagnes, et où elle était restée près de sa mère. Elle revint par la pensée à la maison natale, a son enfance si malheureuse, à ses longues souffrances, à ses larmes secrètes, à la mort de sa mère, enfin à ce deuil qu'elle venait de quitter, et qu'elle résolut de reprendre en rentrant. Puisqu'elle était à jamais condamnée, il lui sembla qu'il valait mieux pour elle ne jamais tenter de moins souffrir. Elle sentit plus amèrement qu'elle ne l'avait encore fait que tout effort de sa part pour résister à la malédiction céleste était inutile. Remplie de cette pensée, elle ne put retenir quelques pleurs que l'oncle Giraud vit couler ; il cherchait à en deviner la cause, lorsqu'elle lui fit signe qu'elle voulait partir. Le bonhomme, surpris et inquiet, hésitait et ne savait que faire ; Camille se leva, et lui montra la porte de la loge, afin qu'il lui donnât son mantelet.

En ce moment, elle aperçut au-dessous d'elle, à la galerie, un jeune homme de bonne mine, très richement vêtu, qui tenait à la main un morceau d'ardoise, sur lequel il traçait des lettres et des figures avec un petit crayon blanc. Il montrait ensuite cette ardoise à son voisin, plus âgé que lui ; celui-ci paraissait le comprendre aussitôt, et lui répondait de la même manière avec une très grande promptitude. Tous deux échangeaient en même temps, en ouvrant ou fermant les doigts, certains signes qui semblaient leur servir à se mieux communiquer leurs idées.

Camille ne comprit rien, ni à ces dessins qu'elle distinguait à peine, ni à ces signes qu'elle ne connaissait pas ; mais elle avait remarqué, du premier coup d'œil, que ce jeune homme ne remuait pas les lèvres ; — prête à sortir, elle s'arrêta. Elle voyait qu'il parlait un langage qui n'était celui de personne, et qu'il trouvait moyen de s'exprimer sans ce fatal mouvement de la parole, si incompréhensible pour elle, et qui faisait le tourment de sa pensée. Quel que fut ce langage étrange, une surprise extrême, un désir invincible d'en voir davantage lui firent reprendre la place qu'elle venait de quitter ; elle se pencha au bord de la loge et observa attentivement ce que faisait cet inconnu. Le voyant de nouveau écrire sur l'ardoise et la présenter à son voisin, elle fit un mouvement involontaire comme pour la saisir au passage. À ce mouvement, le jeune homme se retourna et regarda Camille à son tour. À peine leurs yeux se furent-ils rencontrés, qu'ils restèrent tous deux d'abord immobiles et indécis, comme s'ils eussent cherché à se reconnaître ; puis, en un instant, ils se devinèrent, et se dirent d'un regard : Nous sommes muets tous deux.

L'oncle Giraud apportait à sa nièce son mantelet, sa canne et son loup, mais elle ne voulut plus s'en aller, elle avait repris sa chaise, et resta accoudée sur la balustrade.

L'abbé de l'Épée venait, alors de commencer à se faire connaître.

Faisant une visite à une dame, dans la rue des Fossés-Saint-Victor, touché de pitié pour deux sourdes-muettes qu'il avait vues, par hasard, travailler à l'aiguille, la charité qui remplissait son âme s'était éveillée tout à coup, et opérait déjà des prodiges. Dans la pantomime informe de ces êtres misérables et méprisés, il avait trouvé les germes d'une langue féconde, qu'il croyait pouvoir devenir universelle, plus vraie, en tout cas, que celle de Leibnitz. Comme la plupart des hommes de génie, il avait peut-être dépassé son but, le voyant trop grand ; mais c'était déjà beaucoup d'en voir la grandeur. Quelle que pût être l'ambition de sa bonté, il apprenait aux sourds-muets à lire et à écrire. Il les replaçait au nombre des hommes. Seul et sans aide, par sa propre force, il avait entrepris de faire une famille de ces malheureux, et il se préparait à sacrifier à ce projet sa vie et sa fortune, en attendant que le roi jetât les yeux sur eux.

Le jeune homme assis près de la loge de Camille était un des élèves formés par l'abbé. Né gentilhomme et d'une ancienne maison, doué d'une vive intelligence, mais frappé de la demi-mort, comme on disait alors, il avait reçu, l'un des premiers, la même éducation à peu près que le célèbre comte de Solar, avec cette différence qu'il était riche, et qu'il ne courait pas le risque de mourir de faim, faute d'une pension du duc de Penthièvre. Indépendamment des leçons de l'abbé, on lui avait donné un gouverneur, qui, étant une personne laïque, pouvait l'accompagner partout, chargé, bien entendu, de veiller sur ses actions et de diriger ses pensées (c'était le voisin qui lisait sur l'ardoise). Le jeune homme profitait, avec grand soin et grande application, de ces études journalières qui exerçaient son esprit sur toute chose, à la lecture comme au manège, à l'Opéra comme à la messe ; cependant un peu de fierté native et une indépendance de caractère très prononcée luttaient en lui contre cette application pénible. Il ne savait rien des maux qui auraient pu l'atteindre, s'il fût né dans une classe inférieure ou seulement, comme Camille, dans un autre lieu qu'à Paris. L'une des premières choses qu'on lui avait apprises, lorsqu'il avait commencé à épeler, avait été le nom de son père, le marquis de Maubray. Il savait donc qu'il était, à la fois, différent des autres hommes par le privilège de la naissance et par une disgrâce de la nature. L'orgueil et l'humiliation se disputaient ainsi un noble esprit, qui, par bonheur, ou peut-être par nécessité, n'en était pas moins resté simple.

Ce marquis, sourd-muet, observant et comprenant les autres, aussi fier qu'eux tous, et qui avait aussi, auprès de son gouverneur, sur les grands parquets de Versailles, traîné ses talons rouges à fleur de terre, selon l'usage, était lorgné par plus d'une jolie femme, mais il ne quittait pas des yeux Camille ; de son côté, elle le voyait très bien, sans le regarder davantage. L'opéra fini, elle prit le bras de son oncle, et, n'osant pas se retourner, rentra pensive.

VIII

Il va sans dire que ni Camille ni l'oncle Giraud ne savaient seulement le nom de l'abbé de l'Épée ; encore moins se doutaient-ils de la découverte d'une science nouvelle qui faisait parler les muets. Le chevalier aurait pu connaître cette découverte ; sa femme l'eût certainement connue si elle eût vécu ; mais Chardonneux était loin de Paris ; le chevalier ne recevait pas la gazette, ou, s'il la recevait, ne la lisait pas. Ainsi quelques lieues de distance, un peu de paresse, ou la mort, peuvent produire le même résultat.

Revenue au logis, Camille n'avait plus qu'une idée : ce que ses gestes et ses regards pouvaient dire, elle l'employa pour expliquer à son oncle qu'il lui fallait, avant tout, une ardoise et un crayon. Le bonhomme Giraud ne fut point embarrassé par cette demande, bien qu'elle lui fût adressée un peu tard, car il était temps de souper ; il courut à sa chambre, et, persuadé qu'il avait compris, il rapporta en triomphe à sa nièce une petite planche et un morceau de craie, reliques précieuses de son ancien amour pour la bâtisse et la charpente.

Camille n'eut pas l'air de se plaindre de voir son désir rempli de cette façon ; elle prit la planchette sur ses genoux, et fit asseoir son oncle à côté d'elle ; puis elle lui fit prendre la craie, et lui saisit la main comme pour le guider, en même temps que ses regards inquiets s'apprêtaient à suivre ses moindres mouvements.

L'oncle Giraud comprenait bien qu'elle lui demandait d'écrire quelque chose, mais quoi ? Il l'ignorait.

— Est-ce le nom de ta mère ? Est-ce le mien ? Est-ce le tien ? Et pour se faire comprendre, il frappa du bout du doigt, le plus doucement qu'il put, sur le cœur de la jeune fille. Elle inclina aussitôt la tête ; le bonhomme crut qu'il avait deviné ; il écrivit donc en grosses lettres le nom de Camille ; après quoi, satisfait de lui-même et de la manière dont il avait passé sa soirée, le souper étant prêt, il se mit à table sans attendre sa nièce, qui n'était pas de force à lui tenir tête.

Camille ne se retirait jamais que son oncle n'eût achevé sa bouteille ; elle le regarda prendre son repas, lui souhaita le bonsoir, puis rentra chez elle, tenant sa petite planche entre ses bras.

Aussitôt son verrou tiré, elle se mit à son tour à écrire. Débarrassée de sa coiffure et de ses paniers, elle commença à copier, avec un soin et une peine infinie, le mot que son oncle venait de tracer, et à barbouiller de blanc une grande table qui était au milieu de la chambre. Après plus d'un essai et plus d'une rature, elle parvint assez bien à reproduire les lettres qu'elle avait devant les yeux. Lorsque ce fut fait, et que, pour s'assurer de l'exactitude de sa copie, elle eut compté une à une les lettres qui lui avaient servi de modèle, elle se promena autour de la table, le cœur palpitant d'aise comme si elle eût remporté une victoire. Ce mot de Camille qu'elle venait d'écrire lui paraissait admirable à voir, et devait certainement, à son sens, exprimer les plus belles choses du monde. Dans ce mot seul, il lui semblait voir une multitude de pensées, toutes plus douces, plus mystérieuses, plus charmantes les unes que les autres. Elle était loin de croire que ce n'était que son nom.

On était au mois de juillet, l'air était pur et la nuit superbe. Camille avait ouvert sa fenêtre ; elle s'y arrêtait de temps en temps, et là, rêvant, les cheveux dénoués, les bras croisés, les yeux brillants, belle de cette pâleur que la clarté des nuits donne aux femmes, elle regardait l'une des plus tristes perspectives qu'on puisse avoir devant les yeux : l'étroite cour d'une longue maison où se trouvait logée une entreprise de diligences. Dans cette cour, froide, humide et malsaine, jamais un rayon de soleil n'avait pénétré ; la hauteur des étages, entassés l'un sur l'autre, défendait contre la lumière cette espèce de cave. Quatre ou cinq grosses voitures, serrées sous un hangar, présentaient leurs timons à qui voulait entrer. Deux ou trois autres, laissées dans la cour, faute de place, semblaient attendre les chevaux, dont le piétinement dans l'écurie demandait l'avoine du soir au matin. Au-dessus d'une porte strictement fermée dès minuit pour les locataires, mais toujours prête à s'ouvrir avec bruit à toute heure au claquement du fouet d'un cocher, s'élevaient d'énormes murailles, garnies d'une cinquantaine de croisées, où jamais, passé dix heures, une chandelle ne brillait, à moins de circonstances extraordinaires.

Camille allait quitter sa fenêtre, quand tout à coup, dans l'ombre que projetait une lourde diligence, il lui sembla voir passer une forme humaine, revêtue d'un habit brillant, se promenant à pas lents. Le frisson de la peur saisit d'abord Camille sans qu'elle sut pourquoi, car son oncle était là, et la surveillance du bonhomme se révélait par son bruyant sommeil ; quelle apparence d'ailleurs qu'un voleur ou un assassin vint se promener dans cette cour en pareil costume ?

L'homme y était pourtant, et Camille le voyait. Il marchait derrière la voiture, regardant la fenêtre où elle se tenait. Après quelques instants, Camille sentit revenir son courage ; elle prit sa lumière, et avançant le bras hors de la croisée, éclaira subitement la cour ; en même temps elle y jeta un regard à demi effrayé, à demi menaçant. L'ombre de la voiture s'étant effacée, le marquis de Maubray, car c'était lui, vit qu'il était complètement découvert, et, pour toute réponse, posa un genou en terre, joignant ses mains en regardant Camille, dans l'attitude du plus profond respect.

Ils restèrent quelque temps ainsi, Camille à la fenêtre, tenant sa lumière, le marquis à genoux devant elle. Si Roméo et Juliette, qui ne s'étaient vus qu'un soir dans un bal masqué, ont échangé dès la première fois tant de serments, fidèlement tenus, que l'on songe à ce que purent être les premiers gestes et les premiers regards de deux amants qui ne pouvaient se dire que par la pensée ces mêmes choses, éternelles devant Dieu, et que le génie de Shakspeare a immortalisées sur la terre.

Il est certain qu'il est ridicule de monter sur deux ou trois marchepieds pour grimper sur l'impériale d'une voiture, en s'arrêtant à chaque effort qu'on est obligé de faire, pour savoir si l'on doit continuer. Il est vrai qu'un homme en bas de soie et en veste brodée risque d'avoir mauvaise grâce lorsqu'il s'agit de sauter de cette impériale sur le rebord d'une croisée. Tout cela est incontestable, à moins, qu'on n'aime.

Lorsque le marquis de Maubray fut dans la chambre de Camille, il commença par lui faire un salut aussi cérémonieux que s'il l'eût rencontrée aux Tuileries. S'il avait su parler, peut-être lui eût-il raconté comme quoi il avait échappé à la vigilance de son gouverneur, pour venir, au moyen de quelque argent donné à un laquais, passer la nuit sous sa fenêtre ; comme quoi il l'avait suivie lorsqu'elle avait quitté l'Opéra ; comment un regard d'elle avait changé sa vie entière ; comment enfin il n'aimait qu'elle au monde, et n'ambitionnait d'autre bonheur que de lui offrir sa main et sa fortune. Tout cela était écrit sur ses lèvres ; mais la révérence de Camille, en lui rendant son salut, lui fit comprendre combien un tel récit eût été inutile et qu'il lui importait peu de savoir comment il avait fait pour venir chez elle, dès l'instant qu'il y était venu. M. de Maubray, malgré l'espèce d'audace dont il avait fait preuve pour parvenir jusqu'à celle qu'il aimait, était, nous l'avons dit, simple et réservé. Après avoir salué Camille, il cherchait vainement de quelle façon lui demander si elle voulait de lui pour époux ; elle ne comprenait rien à ce qu'il tâchait de lui expliquer. Il vit sur la table la planchette où était écrit le nom de Camille. Il prit le morceau de craie, et, à côté de ce nom, il écrivit le sien : Pierre.

— Qu'est-ce que tout cela veut dire ? cria une grosse voix de basse taille ; qu'est-ce que c'est que des rendez-vous pareils ? Par où vous êtes-vous introduit ici, monsieur ? Que venez-vous faire dans cette maison ?

C'était l'oncle Giraud qui parlait ainsi, entrant en robe de chambre, d'un air furieux.

— Voilà une belle chose ! continua-t-il. Dieu sait que je dormais, et que, du moins, si vous avez fait du bruit, ce n'est pas avec votre langue. Qu'est-ce que c'est que des êtres pareils, qui ne trouvent rien de plus simple que de tout escalader ? Quelle est votre intention ? Abîmer une voiture, briser tout, faire du dégât, et après cela, quoi ? Déshonorer une famille ! Jeter l'opprobre et l'infamie sur d'honnêtes gens !...

Celui-là, non plus, ne m'entend pas encore, s'écria l'oncle Giraud désolé. Mais le marquis prit un crayon, un morceau de papier, et écrivit cette espèce de lettre :

« J'aime mademoiselle Camille, je veux l'épouser, j'ai vingt mille livres de rente. Voulez-vous me la donner ? »

— Il n'y a que les gens qui ne parlent pas, dit l'oncle Giraud, pour mener les affaires aussi vite.

— Mais, dites donc, s'écria-t-il après quelques moments de réflexion, je ne suis pas son père, je ne suis que l'oncle. Il faut demander la permission au papa.

IX

Ce n'était pas une chose facile que d'obtenir du chevalier son consentement à un pareil mariage, non qu'il ne fût disposé, comme on l'a vu, à faire tout ce qui était possible pour rendre sa fille moins malheureuse ; mais il y avait dans la circonstance présente une difficulté presque insurmontable. Il s'agissait d'unir une femme, atteinte d'une horrible infirmité, à un homme frappé de la même disgrâce, et, si une telle union devait avoir des fruits, il était probable qu'elle ne ferait que mettre quelque infortuné de plus au monde.

Le chevalier, retiré dans sa terre, toujours en proie au plus noir chagrin, continuait de vivre dans la solitude. Madame des Arcis avait été enterrée dans le parc, quelques saules pleureurs entouraient sa tombe, et annonçaient de loin aux passants la modeste place où elle reposait. C'était vers ce lieu que le chevalier dirigeait tous les jours ses promenades. Là, il passait de longues heures, dévoré de regrets et de tristesse, et se livrant à tous les souvenirs qui pouvaient nourrir sa douleur.

Ce fut là que l'oncle Giraud vint le trouver tout à coup un matin. Dès le lendemain du jour où il avait surpris les deux amants ensemble, le bonhomme avait quitté Paris avec sa nièce, avait ramené Camille au Mans, et l'avait laissée dans sa propre maison, pour y attendre le résultat de la démarche qu'il allait faire.

Pierre, averti de ce voyage, avait promis d'être fidèle et de rester prêt à tenir sa parole. Orphelin dès longtemps, maître de sa fortune, n'ayant besoin que de prendre l'avis d'un tuteur, sa volonté n'avait à craindre aucun obstacle. Le bonhomme, de son côté, voulait bien servir de médiateur et tâcher de marier les deux jeunes gens, mais il n'entendait pas que cette première entrevue, qui lui semblait passablement étrange, pût se renouveler autrement qu'avec la permission du père et du notaire. Aux premiers mots de l'oncle Giraud, le chevalier montra, comme on le pense, le plus grand étonnement. Lorsque le bonhomme commença à lui raconter cette rencontre à l'Opéra, cette scène bizarre et cette proposition plus singulière encore, il eut peine à concevoir qu'un tel roman fût possible. Forcé cependant de reconnaître qu'on lui parlait sérieusement, les objections auxquelles on s'attendait se présentèrent aussitôt à son esprit :

— Que voulez-vous ? dit-il à Giraud. Unir deux êtres également malheureux ? N'est-ce pas assez d'avoir dans notre famille cette pauvre créature dont je suis le père ? Faut-il encore augmenter notre malheur en lui donnant un mari semblable à elle ? Suis-je destiné à me voir entouré d'êtres réprouvés du monde, objets de mépris et de pitié ? Dois-je passer ma vie avec des muets, vieillir au milieu de leur affreux silence, avoir les yeux fermés par leurs mains ? Mon nom, dont je ne tire pas vanité, Dieu le sait, mais qui, enfin, est celui de mon père, dois-je le laisser à des infortunés qui ne pourront ni le signer ni le prononcer ?

— Non pas le prononcer, dit Giraud, mais le signer, c'est autre chose.

— Le signer ! s'écria le chevalier. Êtes-vous privé de raison ?

— Je sais ce que je dis, et ce jeune homme sait écrire, répliqua l'oncle. Je vous témoigne et vous certifie qu'il écrit même fort bien et même très couramment, comme sa proposition, que j'ai dans ma poche et qui est fort honnête, en fait foi.

Le bonhomme montra en même temps au chevalier le papier sur lequel le marquis de Maubray avait tracé le peu de mots qui exposaient, d'une manière laconique, il est vrai, mais claire, l'objet de sa demande.

— Que signifie cela ? dit le père. Depuis quand les sourds-muets tiennent-ils la plume ? Quel conte me faites-vous, Giraud ?

— Ma foi, dit Giraud, je ne sais ce qui en est, ni comment pareille chose peut se faire. La vérité est que mon intention était tout bonnement de distraire Camille, et de voir un peu aussi, avec elle, ce que c'est que les pirouettes. Ce petit marquis s'est trouvé être là, et il est certain qu'il avait une ardoise et un crayon, dont il se servait très lestement. J'avais toujours cru, comme vous, que, lorsqu'on était muet, c'était pour ne rien dire ; mais pas du tout. Il paraît qu'aujourd'hui on a fait une découverte au moyen de laquelle tout ce monde-là se comprend et fait très bien la conversation. On dit que c'est un abbé, dont je ne sais plus le nom, qui a inventé ce moyen-là. Quant à moi, vous comprenez bien qu'une ardoise ne m'a jamais paru bonne qu'à mettre sur un toit ; mais ces Parisiens sont si fins !

— Est-ce sérieux, ce que vous dites ?

— Très sérieux. Ce petit marquis est riche, joli garçon ; c'est un gentilhomme et un galant homme ; je réponds de lui. Songez, je vous en prie, à une chose : que ferez-vous de cette pauvre Camille ? Elle ne parle pas, c'est vrai, mais ce n'est pas sa faute. Que voulez-vous qu'elle devienne ? Elle ne peut pas toujours rester fille. Voilà un homme qui l'aime ; cet homme-là, si vous la lui donnez, ne se dégoûtera jamais d'elle à cause du défaut qu'elle a au bout de la langue ; il sait ce qui en est par lui-même. Ils se comprennent, ces enfants, ils s'entendent, sans avoir besoin de crier pour cela. Le petit marquis sait lire et écrire ; Camille apprendra à en faire autant ; cela ne lui sera pas plus difficile qu'à l'autre. Vous sentez bien que, si je vous proposais de marier votre fille à un aveugle, vous auriez le droit de me rire au nez ; mais je vous propose un sourd-muet, c'est raisonnable. Vous voyez que, depuis seize ans que vous avez cette petite-là, vous ne vous en êtes jamais bien consolé. Comment voulez-vous qu'un homme fait comme tout le monde s'en arrange, si vous, qui êtes son père, vous ne pouvez pas en prendre votre parti ?

Tandis que l'oncle parlait, le chevalier jetait de temps en temps un regard du côté du tombeau de sa femme, et semblait réfléchir profondément.

— Rendre à ma fille l'usage de la pensée ! dit-il après un long silence ; Dieu le permettrait-il ? est-ce possible ?

En ce moment, le curé d'un village voisin entrait dans le jardin, venant dîner au château. Le chevalier le salua d'un air distrait, puis, sortant tout à coup de sa rêverie :

— L'abbé, lui demanda-t-il, vous savez quelquefois les nouvelles, et vous recevez les papiers. Avez-vous entendu parler d'un prêtre qui a entrepris l'éducation des sourds-muets ?

Malheureusement, le personnage auquel cette question s'adressait était un véritable curé de campagne de ce temps-là, homme simple et bon, mais fort ignorant, et partageant tous les préjugés d'un siècle où il y en avait tant, et de si funestes.

— Je ne sais ce que monseigneur veut dire, répondit-il (traitant le chevalier en seigneur de village), à moins qu'il ne soit question de l'abbé de l'Épée.

— Précisément, dit l'oncle Giraud. C'est le nom qu'on m'a dit ; je ne m'en souvenais plus.

— Eh bien ! dit le chevalier, que faut-il en croire ?

— Je ne saurais, répliqua le curé, parler avec trop de circonspection d'une matière sur laquelle je ne puis me donner encore pour complètement édifié. Mais je suis fondé à croire, d'après le peu de renseignements qu'il m'a été loisible de recueillir à ce sujet, que ce monsieur de l'Épée, qui paraît être, d'ailleurs, une personne tout à fait vénérable, n'a point atteint le but qu'il s'était proposé.

— Qu'entendez-vous par là ? dit l'oncle Giraud.

— J'entends, dit le prêtre, que l'intention la plus pure peut quelquefois faillir par le résultat. Il est hors de doute, d'après ce que j'ai pu en apprendre, que les plus louables efforts ont été faits ; mais j'ai tout lieu de croire que la prétention d'apprendre à lire aux sourds-muets, comme le dit monseigneur, est tout à fait chimérique.

— Je l'ai vu de mes yeux, dit Giraud ; j'ai vu un sourd-muet qui écrit.

— Je suis bien éloigné, répliqua le curé, de vouloir vous contredire en aucune façon ; mais des personnes savantes et distinguées, parmi lesquelles je pourrais même citer des docteurs de la Faculté de Paris, m'ont assuré d'une manière péremptoire que la chose était impossible.

— Une chose qu'on voit ne peut pas être impossible, reprit le bonhomme impatienté. J'ai fait cinquante lieues avec un billet dans ma poche, pour le montrer au chevalier ; le voilà, c'est clair comme le jour.

En parlant ainsi, le vieux maître maçon avait de nouveau tiré son papier, et l'avait mis sous les yeux du curé. Celui-ci, à demi étonné, à demi piqué, examina le billet, le retourna, le lut plusieurs fois à haute voix, et le rendit à l'oncle, ne sachant trop quoi dire.

Le chevalier avait semblé étranger à la discussion ; il continuait de marcher en silence, et son incertitude croissait d'instant en instant.

— Si Giraud a raison, pensait-il, et si je refuse, je manque à mon devoir ; c'est presque un crime que je commets. Une occasion se présente où cette pauvre fille, à qui je n'ai donné que l'apparence de la vie, trouve une main qui recherche la sienne dans les ténèbres où elle est plongée. Sans sortir de cette nuit qui l'enveloppe pour toujours, elle peut rêver qu'elle est heureuse. De quel droit l'en empêcherais-je ? Que dirait sa mère, si elle était là ?…

Les regards du chevalier se reportèrent encore une fois vers le tombeau, puis il prit le bras de l'oncle Giraud, fit quelques pas à l'écart avec lui, et lui dit à voix basse : Faites ce que vous voudrez.

— À la bonne heure ! dit l'oncle ; je vais la chercher, je vous l'amène ; elle est chez moi, nous revenons ensemble, ce sera fait dans un instant.

— Jamais ! répondit le père. Tâchons ensemble qu'elle soit heureuse ; mais la revoir, je ne le peux pas.

Pierre et Camille furent mariés à Paris, à l'église des Petits-Pères. Le gouverneur et l'oncle furent les seuls témoins. Lorsque le prêtre officiant leur adressa les formules d'usage, Pierre, qui en avait assez appris pour savoir à quel moment il fallait s'incliner en signe d'assentiment, s'acquitta assez bien d'un rôle qui était pourtant difficile à remplir. Camille n'essaya de rien deviner ni de rien comprendre ; elle regarda son mari, et baissa la tête comme lui.

Ils n'avaient fait que se voir et s'aimer, et c'est assez, pourrait-on dire. Lorsqu'ils sortirent de l'église, en se tenant la main pour toujours, c'est tout au plus s'ils se connaissaient. Le marquis avait une assez grande maison. Camille, après la messe, monta dans un brillant équipage, qu'elle regardait avec une curiosité enfantine. L'hôtel dans lequel on la ramena ne lui fut pas un moindre sujet d'étonnement. Ces appartements, ces chevaux, ces gens, qui allaient être à elle, lui semblaient une merveille. Il était convenu, du reste, que ce mariage se ferait sans bruit ; un souper fort simple fut toute la fête.

X

Camille devint mère. Un jour que le chevalier faisait sa triste promenade au fond du parc, un domestique lui apporta une lettre écrite d'une main qui lui était inconnue, et où se trouvait un singulier mélange de distinction et d'ignorance. Elle venait de Camille et renfermait ce qui suit :

« O mon père ! je parle, non pas avec ma bouche, mais avec ma main. Mes pauvres lèvres sont toujours fermées, et cependant je sais parler. Celui qui est mon maître m'a appris à pouvoir vous écrire. Il m'a fait enseigner comme pour lui, par la même personne qui l'avait élevé, car vous savez qu'il est resté comme moi très longtemps. J'ai eu beaucoup de peine à apprendre. Ce qu'on enseigne d'abord, c'est de parler avec les doigts, ensuite on apprend des figures écrites. Il y en a de toutes sortes, qui expriment la peur, la colère, et tout en général. On est très long à connaître tout, et encore plus à mettre des mots, à cause des figures qui ne sont pas la même chose, mais enfin on en vient à bout, comme vous voyez. L'abbé de l'Épée est un homme très bon et très doux, de même que le père Vanin, de la Doctrine chrétienne.

« J'ai un enfant qui est très beau ; je n'osais pas vous en parler avant de savoir s'il sera comme nous. Mais je n'ai pu résister au plaisir que j'ai à vous écrire, malgré notre peine car vous pensez bien que mon mari et moi nous sommes très inquiets, surtout parce que nous ne pouvons pas entendre. La bonne peut bien entendre, mais nous avons peur qu'elle ne se trompe ; ainsi nous attendons avec une grande impatience de voir s'il ouvrira les lèvres et s'il les remuera avec le bruit des entendants-parlants. Vous pensez bien que nous avons consulté des médecins pour savoir s'il est possible que l'enfant de deux personnes aussi malheureuses que nous ne soit pas muet aussi, et ils nous ont bien dit que cela se pouvait ; mais nous n'osons pas le croire. Jugez avec quelle crainte nous regardons ce pauvre enfant depuis longtemps, et comme nous sommes embarrassés lorsqu'il ouvre ses petites lèvres et que nous ne pouvons pas savoir si elles font du bruit ! Soyez sûr, mon père, que je pense bien à ma mère, car elle a dû s'inquiéter comme moi. Vous l'avez bien aimée, comme moi aussi j'aime mon enfant ; mais je n'ai été pour vous qu'un sujet de chagrin. Maintenant que je sais lire et écrire, je comprends combien ma mère a dû souffrir.

Si vous étiez tout à fait bon pour moi, cher père, vous viendriez nous voir à Paris ; ce serait un sujet de joie et de reconnaissance pour votre fille respectueuse.

CAMILLE. »

Après avoir lu cette lettre, le chevalier hésita longtemps. Il avait eu d'abord peine à s'en fier à ses yeux, et à croire que c'était Camille elle-même qui lui avait écrit ; mais il fallait se rendre à l'évidence. Qu'allait-il faire ? S'il cédait à sa fille, et s'il allait en effet à Paris, il s'exposait à retrouver, dans une douleur nouvelle, tous les souvenirs d'une ancienne douleur. Un enfant qu'il ne connaissait pas, il est vrai, mais qui n'en était pas moins le fils de sa fille, pouvait lui rendre les chagrins du passé. Camille pouvait lui rappeler Cécile, et cependant il ne pouvait s'empêcher en même temps de partager l'inquiétude de cette jeune mère attendant une parole de son enfant.

— Il faut y aller, dit l'oncle Giraud quand le chevalier le consulta. C'est moi qui ai fait ce mariage-là, et je le tiens pour bon et durable. Voulez-vous laisser votre sang dans la peine ? N'en est-ce pas assez, soit dit sans reproche, d'avoir oublié votre femme au bal, moyennant quoi elle est tombée à l'eau ? Oubliez-vous aussi cette petite ? Pensez-vous que ce soit tout d'être triste ? Vous l'êtes, j'en conviens, et même plus que de raison ; mais croyez-vous qu'on n'ait pas autre chose à faire au monde ? Elle vous demande de venir ; partons. Je vais avec vous, et je n'ai qu'un regret, c'est qu'elle ne m'ait pas appelé aussi. Il n'est pas bien de sa part de n'avoir pas frappé à ma porte, moi qui lui ai toujours ouvert.

— Il a raison, pensait le chevalier. J'ai fait inutilement et cruellement souffrir la meilleure des femmes. Je l'ai laissée mourir d'une mort affreuse quand j'aurais dû l'en préserver. Si je dois en être puni aujourd'hui par le spectacle du malheur de ma fille, je ne saurais m'en plaindre ; quelque pénible que soit pour moi ce spectacle, je dois m'y résoudre et m'y condamner. Ce châtiment m'est dû. Que la fille me punisse d'avoir abandonné la mère ! J'irai à Paris, je verrai cet enfant. J'ai délaissé ce que j'aimais, je me suis éloigné du malheur ; je veux prendre maintenant un amer plaisir à le contempler.

Dans un joli boudoir boisé, à l'entre-sol d'un bon hôtel situé dans le faubourg Saint-Germain, se tenaient la jeune femme et son mari lorsque le père et l'oncle arrivèrent. Sur une table étaient des dessins, des livres, des gravures. Le mari lisait, la femme brodait, l'enfant jouait sur le tapis.

Le marquis s'était levé ; Camille courut à son père, qui l'embrassa tendrement, et ne put retenir quelques larmes ; mais les regards du chevalier se reportèrent aussitôt sur l'enfant. Malgré lui, l'horreur qu'il avait eue autrefois pour l'infirmité de Camille reprenait place dans son cœur, à la vue de cet être qui allait hériter de la malédiction qu'il lui avait léguée. Il recula lorsqu'on le lui présenta.

— Encore un muet ! s'écria-t-il.

Camille prit son fils dans ses bras ; sans entendre elle avait compris. Soulevant doucement l'enfant devant le chevalier, elle posa son doigt sur ses petites lèvres, en les frottant un peu, comme pour l'inviter à parler. L'enfant se fit prier quelques minutes, puis prononça bien distinctement ces deux mots, que la mère lui avait fait apprendre d'avance :

— Bonjour, papa.

— Et vous voyez bien que Dieu pardonne tout, et toujours, dit l'oncle Giraud.

FIN DE PIERRE ET CAMILLE.